晚禱集

舒蘭詩集

親切、平易、近人

——敬序舒蘭兄詩集《晚禱集》

林煥彰

在我心目中，舒蘭兄永遠是我的兄長；做人處事，是我學習的最好的榜樣。

和舒蘭兄相識，始於我邀他和詩人薛林先生一起共同創辦《布穀鳥兒童詩學》季刊之前；那是民國六十九年之前，但確切日期，我已無法記得！

那時，舒蘭兄在台北市仁愛國小教書，我在台灣肥料公司南港廠工作，因為我的兩本童詩集：《童年的夢》和《妹妹的紅雨鞋》，獲得中山文藝獎（一九七八年，兒童文學類），借調到經濟部生產事業管理處工作，辦公處所也同在仁愛路上；我在二段一號，仁愛國小在四段安和路上，我每天搭公車上下班，從南港到台北，或從台北回南港，都需經過他任教的學校；同時，舒蘭兄的家在嘉興街基隆路口、轉個彎進去巷子一點點，走幾步就到，因此，我常常利用下班之後、回家之前的時間，順道去和他見面，或商量與詩刊編物有關的事，但大部分時間是到他家裡；也由於他太太黃玉蘭老師（時在三星國小任教）待人誠懇、親切又好客，把我當作一家人，常留我在他們家晚餐，和他們家的兩個子女——長男和次女：戴螢、美奐變得很熟，他們也都叫我叔叔；那時，他們家的大女兒戴萍在美國留學，我們辦《布穀鳥兒童詩學》季刊，要申請雜誌執照時，她就成為我們詩刊的發行人，也幫了大忙，讓我們的刊物，可以在國內外、以新聞紙類郵寄，通行無阻，減輕了很多負擔，可惜至今我都還沒有機會見到戴萍，因為她學成後在美國任職、結婚。由於這樣的一段往事，舒蘭兄和我就形同手足，他一直呵護我。唯一遺憾的是，玉蘭大嫂，不幸在二十年前因病過世，而後舒蘭兄退休、移居美國舊金山，我們相聚的機會變少了！不過，我們還是一直保持聯繫，舒蘭兄每次返台省親，都會給我電話，要我見面餐敘，真的就如同兄弟一般；在我心目中，他就是我的兄長。

舒蘭兄的為人，謙虛、善良，平和、親切，做事做學問踏實認真，史料研究工作，孜孜不倦；已出版的《中國新詩史話》（一九一五至一九八九）四大冊，至於《中國地方歌謠集成》一套，更多達七十大冊，尚未出版的《賽金花比較研究》、《詩餘錄》、《中國歌謠唱作》、《明清印話》等也都是厚厚一大冊；在這些方面，他的毅力與執著，在在都讓我由衷敬佩。由於他的大部分時間，長期專注的用於上述這些龐大的詩歌史料蒐集、整理、編纂等巨大工程上，在新詩創作方面，自然而然受到了很大的影響，至今《晚禱集》的出版，才是他的第四本詩集，距離他第一本詩集《抒情集》（民國五十一年十一月／台北野風印行；另兩本是《鄉色酒》及《海外吟及其他》），長達半個世紀，足見他在這方面是犧牲了很大的心力和很多的歲月！其實，舒蘭兄在詩創作上的才華，本質上是優秀詩人，年輕時即已獲得中國新詩聯誼會「優秀詩人獎」，中年時也接二連三獲得教育部的「詩教獎」、文藝協會的「詩運獎」，做出了很多的貢獻。不論成人詩或兒童詩，舒蘭兄都有極優異的展現；以成人詩來說，我一直印象深刻的，就有他早年詩作〈鄉色酒〉等，其遊子思鄉，迴腸盪氣，是既震人心弦而又醉人心靈的「鄉色酒」！

舒蘭兄的詩，不論是為成人寫的，還是為兒童，都像他的為人一樣，語言、風格是一致的，樸素、善良、親切、平易近人，而又讓人回味無窮。這本《晚禱集》也一樣，內容豐富，風格樸素、善良、親切、平易近人。

舒蘭兄的詩，都以抒情短詩為主，年輕時如此，現在年已八旬，也是如此；他的抒情，是真摯的，包括親情、友情以及詠物，都自然流露出熱愛生命，熱愛大自然，泰然面對生命的體悟和詠嘆之情，絕無一絲半毫的雜質；且菁純得如清澈甘甜的泉水。這裡，我不妨引錄幾首和讀者分享，先讀為快，如：

我的七弦琴
和人的七情息息相關
我的心
也和人心緊緊相連
人意在泰山
我便發出巍巍之聲
人意在流水
我便發出洋洋之音

幽蘭如此
鳳求凰
廣陵散
亦復如此

千古以來
我和人長相左右
也彼比尊重
相互珍惜
——〈古琴〉

從前我趕時間
不時看著腕錶
現在我在時間前頭
坐看雲起
——〈轉換〉

相機要數位
汽車要概念
我的詩要上網

上網之後就冷藏

——〈時尚〉

這本《晚禱集》中的短詩，佔的比例滿大，十行以內的小詩，幾有一半，而且都相當精彩；我在提倡六行（含以內）小詩寫作，就以我的小詩觀點來看舒蘭兄這部分作品，就有不少詩作讓我激賞，也可作為熱愛小詩寫作者參考，比如下引：〈鋼琴〉、〈墓園〉和〈天使島〉：

我一直坐在樂府殿堂之首
至今無人取代
我有個人主義傾向
聲樂家們卻偏愛找我合作

——〈鋼琴〉

放眼望出
一遍碑林

每一塊碑
都像一本厚重的書

可惜現在
只能看看封面

——〈墓園〉

天使島是一滴淚
掛在太平洋的臉頰上

從島上裝滿鐵欄的窗口望出去
「窗外　永遠是飛鳥　白雲　藍海」
將愁腸化作牢牆上斑斑詩句
聽浪濤日日夜夜苦吟

——〈天使島〉

〈天使島〉有附註說：「窗外　永遠是飛鳥　白雲　藍海」，是早年華人移民偷渡美國，被關在天使島上牢房裡的青年，寫在牆上的自白。在詩中引用，既寫實有力，也更添深刻的寓意。

以上，是我喜讀舒蘭兄《晚禱集》時，不斷在心中湧起悸動的原因，也是我一向尊敬他、喜歡他的詩的原因，是為序。

二〇一二・十・十，兩點十四分研究苑

目次

輯二 百物

輯四 詩想

輯五　童趣

輯一
素描

憂心人——為大哥速寫

那人一半像顏回
顏回在陋巷人不堪其憂
回也不改其樂
那人也在陋巷
卻在憂國憂民

那人一半像范仲淹
范仲淹先天下之憂而憂
後天下之樂而樂

那人後天下之樂而不樂
又在憂心人類生老病死

註：家兄早年熱血愛國，晚歲信佛。

二〇〇五・八・二十五，發表於泰國世界日報副刊
同年刊乾坤詩刊三十六期

錄影傳記家王璞

你寫新詩時
臺灣的新詩才剛開始播種
你作翻譯官時
也只是個不滿二十歲的二等兵

後來你寫小說
臺灣的小說也還在萌芽期
你當了軍報社的記者
人都叫你急先鋒

之後你搞翻譯
賽珍珠的名字那時還很陌生
你接編了新文藝
大家都說你在編聖經

退休了你還不服老
七十歲扛著攝影機到處跑
忙著為作家們立傳
為文壇建史料

你總是默默的
走在時代的前頭
辛勤的耕耘
不問收穫

致老友巴楚

你是沒有廟的和尚
該哭的時候你笑
我是雲遊的道士
拿著拂塵當馬騎

老來
一樣無奈噓唏

與巴楚一起

一起窗前秉燭
一起投筆從戎
也一起窮途潦倒

一起笑
一起哭
也一起老

二〇〇九・一，發表於乾坤詩刊春季號

讀詩人路衛

我有酒癖
讀你
像飲一罈杜康
我有琴癖
讀你
像撫一張繞梁
我有史癖
讀你

像讀一部春秋
風雨一甲子
讀你半世紀

二〇〇七・七・一，發表於大海洋詩雜誌七十四期

給獻身服事神的大女婿劉書華牧士

我來到你們鳳凰城
釀造了幾首小詩
雖然沒有陳年老酒那樣香醇
卻是採用你們這裡仙人掌的花蜜

我參觀了你們充滿智慧的教會
像荒漠甘泉那樣甜美
我聽到你們的歌聲像駝鈴
喚醒人不要迷失人生的方向

你對我說神愛世人
我告訴你世人愛神
熒熒綠洲悠悠歲月
願你不負神的揀選

二〇〇四・五・三十，發表於泰國世界日報副刊

阿炳的二胡

阿炳的琴聲
是他的心聲
像蕭蕭秋風吹過林梢
像嗚咽澗水流過峽谷

是一位音樂天才
飽受失明的痛苦
把冷冷兩根琴弦
化作肝腸肺腑

二〇一〇・冬，發表於乾坤詩刊五十六期

「一束摯念」代序

賢照離開我們十多年了
但他仍然活在我們每個人的心裡
成為我們每次小聚的話題
現在把這些話題結集成冊
千言萬語
祇能說是我們懷念他的一小部份
也是他一生的一小部份
無關文字的優劣
無關篇幅的長短
同樣記錄一份珍貴的友情

註：民國八十六年五月二日
於臺北市復興園餐廳聚談
道雅兄命題囑寫此序

入禪——悼念邱芳雨嫂

像春蠶三眠
結一個繭
睡在裡面
妳就這樣不見了

是一個完美的句號
在好人生詩集的最後
雖然只有短短五十七行
字字都是珍珠

詩即是禪
妳入禪後
我們都在妳心之外
妳卻常在我們心頭

二〇〇四・四・三，發表於泰國世界日報副刊
同年五・二十八，發表於美國世界日報副刊

遙祭大哥——戴書暢先生

哥
國際長途電話
傳來你去世的消息
當時我楞了一會
過後想想
今年我七十八
你八十七
我們都活過聖人的年紀
也就沒有什麼好痛惜的了

你是民國十一年生
應該是國民黨
又好像是共產黨
其實你什麼都不是
只是在日本侵略中國的時候
你和當時一般愛國知識青年一樣
為了救亡
參加過抗日

日本投降後
國共又打起來
因為你什麼都不是
自然希望和談
和談失敗

你在矛和盾之間
變得什麼都不是
中共占據整個大陸之後
起初
你是「邦無道富而且貴者恥也」
雖然你自動獻出所有家產
還是免不了清算鬥爭

後來
搞開放
你又是「邦有道貧而且賤者恥也」
雖然你也會辯證法
然而百口莫辯
受盡冷嘲熱諷

幾乎無地自容

現在好了
終於你把自己擺平了
什麼是雖千萬人吾往矣
什麼是鞠躬盡瘁死而後矣
一般只是說說
而你作到了
上香

二〇〇九・夏，發表於乾坤詩刊五十期

園丁頌——悼念詩人文曉村兄

你以全生命
投入詩的全方位
你是詩園地一位老園丁

葡萄纍纍汗鑄成
如果詩有奧運
應該有一面金牌

當然
你志不在金牌

而在詩的聖火傳遞

註：《葡萄園》詩刊自民國五十一年一月五日創刊以來，即由文氏主持編務，直到去世。文氏去世消息，由現任發行人賴益成兄函告，約紀念集稿得知。

悼詩人秦嶽兄

巴楚來信說你走了
他認為這是很自然的事

路衛寄來快年悼你的文章
並說由此可知我等的行期

我一字一句的讀著快年的悼文
淚也一滴一行不停的落著

我們一生有著太多的傷痛
這是最痛也是最後一次

二〇一〇・冬，發表於乾坤詩刊五十六期

悼周群兄

在我們的故事裡
你是主角
在我們的圈子裡
你是核心

雖然你走了
也是走進歷史
雖然我們都很悲傷
卻無遺憾

二〇〇六・四・十於舊金山

註：周群兄在台北去世，我在三藩市接到士太兄電告，並囑寫悼文，文成亦在電話中告知士太兄。編入民國九十五年五月出版《周群大律師紀念集》。

輯二

百物

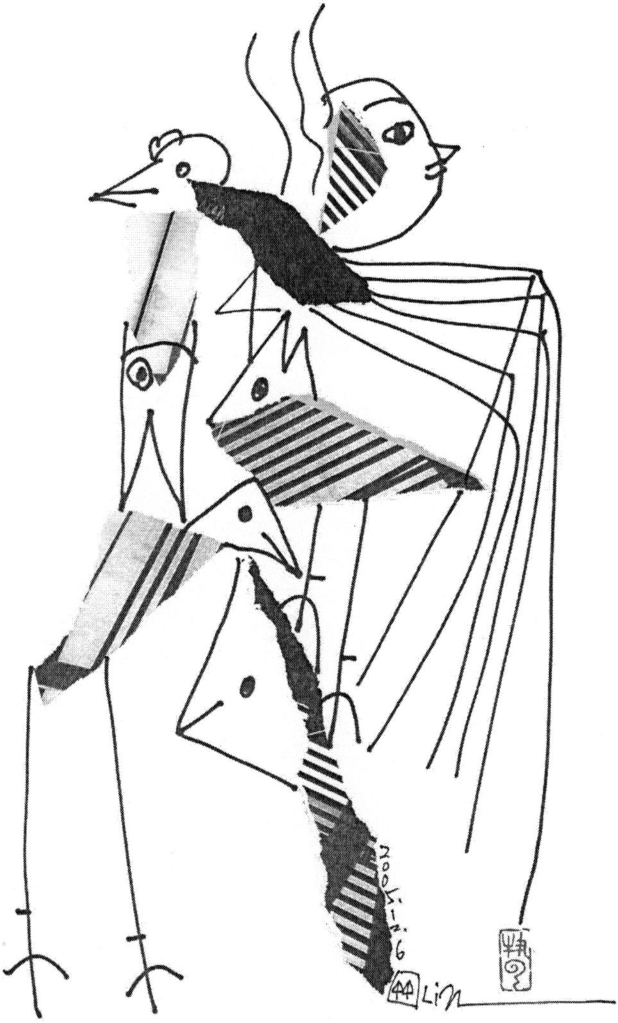

明礬

生性艱澀
易溶於水
嫉惡如仇
乃至與其同歸於盡

二〇一〇，發表於乾坤詩刊五十四期夏季號

筆

率直
行事立竿見影
位居四寶之首
為不朽立過汗馬功勞

二〇〇八・十一・三，發表於北美世界日報副刊

墨

我是墨子
我愛老子
我願為人摩頂放踵
甚至粉身碎骨

硯

我這張老臉像包公
包公剛正坦蕩像我
有人指我貪墨好色
我不否認我與書法不清不白

二〇〇八・十一・三，發表於北美世界日報副刊

印

沉默是金是我們的習性
心照不宣是我們的傳統

雖係雕蟲小技
難在刀下留情

二〇〇九・夏，發表於乾坤詩刊三十九期

古琴

我的七弦
和人的七情息息相關
我的心
也和人心緊緊相連
人意在泰山
我便發出巍巍之聲

人意在流水
我便發出洋洋之音

幽蘭如此
鳳求凰
廣陵散
亦復如此

千古以來
我和人長相左右
也彼此尊重
相互珍惜

木琴

我不是金玉
發不出金聲玉韻
把我的木訥調製一下
也能飽人耳福

二〇〇八·一，發表於大海洋詩雜誌七十一期

鋼琴

我一直坐在樂府殿堂之首
至今無人取代
我有個人主義傾向
聲樂家們卻偏愛找我合作

二〇〇八・一一，發表於大海洋詩雜誌七十一期

提琴

每一根弦
都是我的敏感神經
一觸即發
尤其碰到感情

二〇〇八．一，發表於大海洋雜誌七十一期

豎琴

看樣子我很古板
論智慧我是一流
快速是時代的產物
細緻才能品出原味

二〇〇八・一一，發表於大海洋雜誌七十一期

風鈴

有風的日子
我是快樂的歌手
歌唱風譜的戀曲
你儂我儂

無風的日子
我是無詩的詩人
腸肚空空
吊在那兒

二〇〇七・十一・十二，發表於美國世界日報副刊

煙斗

「京華煙雲」是我的驕傲

盆景

我們是另類一群「三寸金蓮」

夕陽

一個完美的結果

天

空出來
給想像

二〇〇九・十，乾坤詩刊五十二期冬季號

殞石

人死升天
我死降世

二〇〇九・十，乾坤詩刊五十二期冬季號

化石

不怕被埋沒
只怕不爭氣

賞雨

雨像一位魔術師
眼前本來什麼都沒有
突然出現一片瀟瀟竹林

雨愛跳踢踏舞
踢踏踢踏像馬蹄
滴答滴答像鐘聲

雨愛唱一簾幽夢
唱俱聲淚具下

唱得如痴如醉
無怪
有人為它憑欄
有人為它多種芭蕉

月

圓時環肥
缺時燕瘦
淡妝好
濃抹也好

但在他鄉
床前廂後
你是慈母的牽掛
遊子的鄉愁

霧

醉得可以
完全不知東西南北
全身癱軟
一點也站不起來
更別說
你知道你是誰

很可能
你從杏花村
一直喝到桃花江

要不然
你不會摸到什麼
都摟摟抱抱

二〇〇八・四・十一，發表於美國世界日報副刊

湖

我不是一潭死水
我在這裡坐禪
我清如許
因我已經入定
您來這裡覺得平靜
那是受我蘊藏的能量感染

二〇〇九・一，發表於乾坤詩刊春季號

浪花

海灣是一架超大鋼琴
風來彈一首天長地久
我們是那些閃亮的音符

發表於二〇〇六・六，大海洋詩雜誌七十三期
同年乾坤詩刊夏季號三十八期轉刊
原發表於泰國世界日報副刊湄南河刊頭詩三六五

烏雲白雲

烏雲一身邪氣
就想遮天蓋日
一夕果然得逞
稀里嘩啦摔了下來

白雲一向與世無爭
只想遊山玩水
遊遍千山萬水
到處受人仰慕

二〇〇九・五・二十七，發表於北美世界日報副刊

冬晨

剛剛從夜的顯影液裡慢慢慢慢沖洗出的一張濕漉漉的風景

二〇〇七・一・五，發表於美國世界日報副刊

丹頂鶴

我們都是瘦金體
個個仙風道骨

有時
我們像一片雲

有時
像一堆雪

也有時
像一群插秧的農夫農婦
我們沒有固定的住處
過的是吉普賽的生活

二〇〇八・十二・一，發表於文訊二九〇期銀光副刊

土撥鼠

不要再說你愛這塊土地了
是這塊土地愛你
不然你不會這麼肥

註：李時珍《本草綱目》云：「唐書有鼫鼢鼠，即此也。鼫鼢鼠言其肥也。」

二〇〇九・七・二十五，發表於北美世界日報副刊

駱駝

在陸地
他擁有兩座金字塔
在瀚海
他是唯一的戈壁舟
至於天空
那是他的蒙古包
——他的夢土

二〇一〇・四・二，發表於北美世界日報副刊

雁群

秋天的一行詩

冬蟲夏草

共存共榮
是我們發明的
雙贏
是我們創造的
我們還己立立人
進入本草綱目

二〇一〇・冬，發表於乾坤詩刊五十六期

楓

我們是一群金髮女郎
我們喜歡秋天的蕭瑟

每年秋天
我們都舉辦一次髮展
歡迎你來拍照留念

二〇〇九・十二・二十八，發表於北美世界日報副刊

日日春

天天開花
並不是為了爭奇鬥艷
榮登萬紫千紅名錄
也是必也正名乎

我的出現
主要在喚醒你
日日是好日
天天是春天

二〇一〇・冬，發表於乾坤詩刊五十六期

棉的神話

一陣風來
吹散一團白花花的棉花

吹到天上的　變成白雲
吹到草原的　變成羊群
吹到海邊的　變成浪花

吹到春天的　變成柳絮
吹到冬天的　變成雪花
吹到老人頭上　變成白髮

二〇一一・一，發表於乾坤詩刊五十七期

迎客松

沒能成為棟樑
只有成為風景

二〇〇九・冬，發表於乾坤詩刊五十二期

樹

風來我只好因應一下
搖擺不是我的性格
我努力扎下根基
目的是活得踏實

二〇〇八・十一・二十六，發表於北美世界日報副刊

檳榔樹

頭上插著幾根羽毛
胸前掛著滿滿珠寶
穿著帶有橫條的衣服綁腿
一眼就認出是妳

妳是高山族
也是原住民
妳是亞熱帶的旗
飄著亞熱帶的美

二〇〇九・九・十六，發表於北美世界日報副刊

時尚的海洋

跳肚皮舞
隆大胸脯
讓拜倒裙下的礁石
心花怒放
是她推出的
新寫真

二〇〇八・二・十二，發表於美國世界日報副刊

輯三

詠嘆

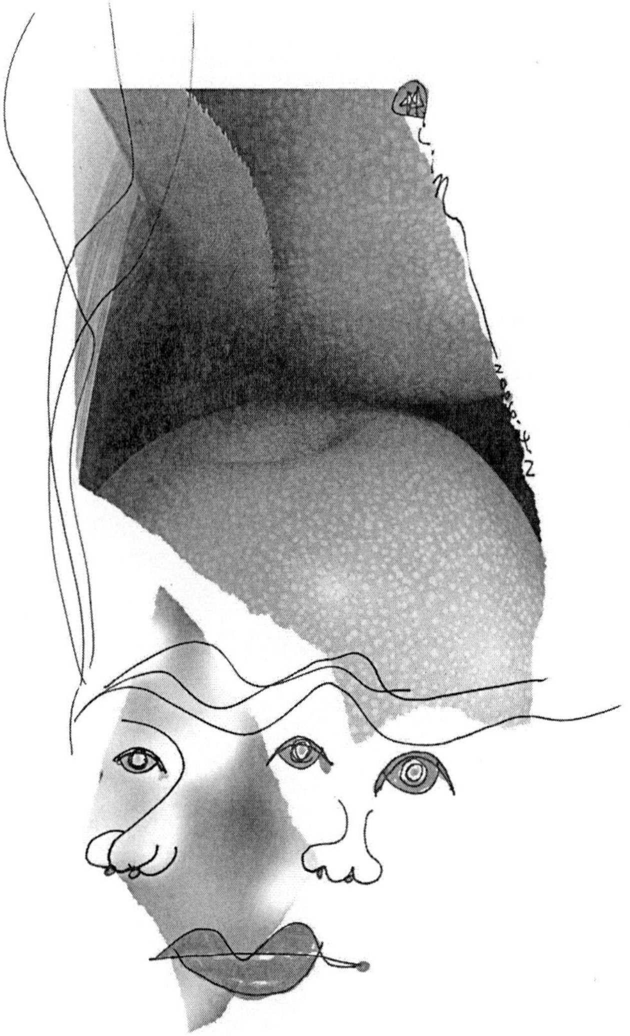

老人

琴無弦
笛無聲
終日無所事事
自然而然
像個反芻動物
沉醉回味裡

二〇〇九・七・八，發表於北美世界日報副刊

憶新軍

那是一個沸騰的大時代
我們像沸點上的小水珠
那時鳳山的太陽特別大
我們被烤成一隻隻烤鴨

我們的全副裝備
一條紅短褲
一頂竹斗笠
遠看像個稻草人

我們發出了怒吼
「誰能夠沉默
誰能夠煎熬」
驚天地也動鬼神

古寧頭
古寧頭一戰
我們改寫了歷史
歷史——也改寫了我們

時間

有一物
與宇宙息息相關

它無相
無色無味
無聲無臭

它似箭
如流
一去不復返

有人叫它光陰
有人叫它歲月
也有人叫它時間

它無匹無比無始無終
萬物只有南無

註：南無為梵語佛語，敬禮歸依的意思。

過年

傳說年是吃人的怪獸
他怕紅色和巨響
所以我們貼門聯放鞭炮驅趕他

但他像走馬燈一樣
趕走一個
又來一個

誰能趕走一百個
誰就是大家嚮往的

百歲大壽（獸）星

二〇一一・二・一，發表於北美世界日報副刊

光陰

什麼東西最重
而又看不見
摸不著
是光陰

看
那是從不向命運低頭的硬漢
那是從不為五斗米折腰的詩人
都低頭哈腰了

二〇一〇·秋，發表於乾坤詩刊五十五期

八十憶往

如夢似幻
卻是如此真切
說是真切
又是這般飄忽遙遠

似曾擁有
又像未曾發生
懵懂中
不知是醉是醒

現在未來
都會變成過去
過去
是名存實亡的代名詞

二〇一一・春，乾坤詩刊五十七期

小溪

我是一條水蛇
游走像風箏搖擺尾巴
花鳥蟲魚都喜愛我
我喜歡小橋流水人家

二〇〇九・十二・二十八，發表於北美世界日報副刊

秦淮河

一河春水
流過六朝金粉
流過八艷風月

留下
十里燈影
千年夢痕

二〇一〇・冬，發表於乾坤詩刊五十六期

小崗亭

彷彿一口壽材
豎立在海邊碼頭旁
早晚有人進出
好像寄居蟹

六十年前
我也曾在此寄居
如今我也還在
不知小崗亭還安在否

老人公寓

這是最後一站
放下重擔
舒展一下壓彎的腰

這是路的盡頭
過去的千山萬水
偶爾在夢裡一遊

這是個渡口
雖然人來人往

卻像水過無痕無常

二〇〇三・七・十九，發表於美國世界日報副刊
同年刊於乾坤詩刊二十八期

墓園

放眼望去
一遍碑林
每一塊碑
都像一本厚重的書
可惜現在
只能看看封面

二〇〇四・四・三，發表於美國世界日報副刊後修正

我的墓誌銘

我沒帶來什麼
也沒帶走什麼

發表於泰國世界日報湄南河副刊刊頭詩三六五
二〇〇六年，乾坤詩刊夏季號三十八期

公園一角

這裡有高溫
有低溫
有熱情的嘴唇
有饑餓的腸胃

二〇〇九年，發表於乾坤詩刊春季號

真品

走進名家人像展會場
一幅少女坐像吸引住我
便想走近看看摸摸
突然
那個少女站了起來

二〇〇五・二・二十三，發表於泰國世界日報湄南河副刊刊頭詩三六五
同年乾坤詩刊春季號三十期名家手稿

影子

我的影子
默默地跟了我一輩子
我沒有關心過他
為他作過一件事

我挑選了一個艷陽天
把他帶到小河邊
想讓他舒服地洗個澡
他說
你不下來我永遠洗不乾淨

紅山文化

大漠是一部山海經
風在那裡翻閱
偶有斬獲
便會笑出一個沙塵暴

紅山文化於焉誕生
它以石器　玉器　陶器
記錄下五千年前人類的文明
還沒有文字以前那段歷史

二〇〇九・十，乾坤詩刊五十一期秋季號

早晨

每一天早晨
都是一頁新的無字天書
樹木花草為祂沉思
小鳥們為祂歌頌

每一天早晨都是一頁新的無字天書
我用心閱讀
發現祂的奧義越來越深
我能理解的愈來愈少

跳蚤市場

古老的行業
古老的玩意
誰說人心不古

這裡臥虎藏龍
說不定那天
連你也是傳奇人物

二〇〇六·四，乾坤詩刊夏季號三十八期
發表於泰國世界日報副刊湄南河刊頭詩三六五

舊金山

這裡的太陽
晚上八九點鐘才落
這裡的月亮
又圓又大
好像伸手就能搆著

這裡的居民
五顏六色
我來這裡印證了一句現代成語
「他鄉也是故鄉」

天使島

天使島是一滴淚
掛在太平洋的臉頰上

從島上裝滿鐵欄的窗口望出去
「窗外　永遠是飛鳥　白雲　藍海」

將愁腸化作牢牆上斑斑詩句
聽浪濤日日夜夜苦吟

註：天使島在舊金山對面，為早期華人移民拘留所，引號內為當時被拘留的一位少年自白。

大峽谷

假如火山是大地的鼻子
大峽谷便是祂的大口

從大口的這邊向那邊看
像看天邊的一朵雲
再往下望
長長的古道像一根線

到這裡來遊覽的人絡繹不絕
個個都像趴在鍋沿上的螞蟻

二〇〇九・八・九，北美世界日報副刊

鳳凰城（PHOENIX）

你是永恆祥瑞的鳥
從古老的埃及神話裡飛出來
在大沙漠浴火重生

藍天是你的翅膀
彩霞是你的羽毛
你的偉儀像大鵬

綠洲是你的新巢
人們在你的新巢裡飛來飛去

飄飄然如同你的同類

二〇〇四・五・三十，發表於泰國世界日報副刊

拉斯維加斯

好賭既是人類的天性
你就不妨來我這裡大賭一場
賭的方式這裡應有盡有
完全由你自由選擇

你可以把你全部的財富押上
輸贏反正是身外之物
要緊的是你既不能贏得不朽
最好不要把你這條小命陪上

二〇〇四・五・三〇，發表於泰國世界日報副刊

我鄉生活

我鄉有一種美食
我們叫它高粱糊塗
在大窯黑裡能照人影
那是冬天鄉人僅有的液體麵包

我鄉有一種服飾
我們叫它棉襖頭
補丁摞著補丁
那是鄉人冬天的火龍袍

我鄉有一種建築
我們叫它茅草屋
牆壁是土坯
那是鄉人甜美的窩

我鄉不用什麼交通工具
只相信自己的兩隻腳
無論路途遠近多麼難走
不穿鞋子也能走到

註：大窯黑是窮人吃飯用的粗碗。

二〇〇五・十・十四，發表於泰國世界日報副刊

黃昏之戀

黃昏是暗淡寂寞的
夕陽與晚霞有了約會
情景就不同了

夕陽為晚霞更紅
晚霞為夕陽更美
黃昏變得溫馨亮麗起來

嗡嗡嗡

嗡嗡嗡
嗡嗡嗡
大都市像個大蜂窩
小都市像個小蜂窩

嗡嗡嗡
嗡嗡嗡
都市裡的人像蜂窩裡的蜜蜂
又不停地飛出去飛進來

嗡嗡嗡
嗡嗡嗡
這是現代最流行的一首交響曲
由現代大眾共同譜成

海洋與沙漠

海洋找沙漠比高下
沙漠說

你無邊
我無涯

你捲起千堆雪
我揚起萬丈沙

你水裡有魚
我沙裡有金

你不可以斗量
我一輩子數不清

你浪淘盡千古風流人物
我一粒沙一世界

結果是平分秋色
半斤八兩

二〇〇四・五・三十，發表於泰國世界日報副刊

再見杭州

六十三年不見
再見我已老態龍鍾
妳也當真返老還童

我的家鄉是個古戰場
妳是有名的天堂
避難自是首選

妳是我流亡的第一站
也是我第一次看到大海的地方

其實在妳這裡有我很多的第一次

第一次踏上蘇堤白堤
使我有飄飄欲仙的感覺
可能就是這種感覺產生了白蛇傳

記得那是一個秋天
十景中我獨欣賞妳的雷峰夕照
三潭印月

妳是魚米之鄉
也是詩書畫
音樂篆刻之鄉

我受到妳的感染
那氣味一直在我身上醞釀
使我在苦難中活得更堅強

烽火逼人
妳我相處的時間很短
但卻留下美好的印象
八十歲舊地重遊
坐看夕陽
畫下一個完美句號

野柳奇觀

是鬼斧神工
把海灘兩塊礁石
雕塑成兩座沉思者

遠眺近望
維妙維肖
啟人遐想

二〇一一·一，發表乾坤詩刊五十七期春季號

考古

有一群人
與人背道而馳
逆著時針方向行走

他們已走回到幾千年前
很想一窺時間的源頭
赫然發現
前頭
還有更長更遠的路要走

二〇一〇・冬，發表於乾坤詩刊五十六期

禪

有人池塘掬水
掬到一尾月亮

二〇一〇·七，發表於乾坤詩刊五十五期秋季號

整容

現代流行整容
其實該整的
是殿堂那些橫鼻豎眼

現代論語
盍各言爾志
孺子不加思索
長大想當貪官

讀《大江大海一九四九》有感

從大江到大海
從原鄉人到異鄉客
我是過來人
也是見證者

這是你的痛
也是我的痛
更是整個國家民族的痛
該是痛定思痛的時候了

我們的痛
總歸來自「一盤散沙」的病根
「大江大海」是一劑良藥
藥名應該叫作「徹底反省」

雖說良藥苦口
但一想到「皮之不存毛將安否」
就當一口服下
義無反顧

聽「梅花三弄」

小引：桓伊是東晉淝水之戰名將，擅吹笛，被譽為「江左第一」。一次王徽之乘船晉京，路過青谿（在今南京東北），遇伊車隊於途，請為其吹奏一曲。伊遂下車登船，取出隨身攜帶之漢蔡邕所遺之名笛「柯亭」，即奏三調，曲罷揚長而去。後人稱此三調為「桓伊三弄」或「青谿三弄」或「梅花三弄」，言其高風亮節也。余亦常以口琴、二胡吹拉此曲。

有風景飛進我的耳朵裡
峨峨兮　洋洋兮
那是青谿的高山流水
柯亭的梅花綻放

那是一篇大音樂家和大書法家的對話
那是一幅象徵不畏嚴寒的圖畫
時間在兩千多年以前　地點就在我鄉附近
無怪聽起來慨慨然有幾許鄉音

二〇〇七・一，發表於大海洋詩雜誌七十四期

轉換

從前我趕時間
不時看著腕錶
現在我在時間前頭
坐看雲起

二〇〇六・一，發表於乾坤詩刊三十七期後修正

好惡

我好書法　尤好飛白
我好繪畫　尤好乾筆
我好篆刻　尤好擊邊
但當這些在我頭上身上齒間
一一出現
我開始厭惡它們

二〇〇九・七，發表於乾坤詩刊五十一期秋季號

本體論

有人看到花笑
有人聽到花叫
我只聞到花香
花香是花的體香

兩幅裸體

兩幅裸體
一幅懸掛在懸崖峭壁上
一幅暗藏在暗無天日的坑道中
掛在峭壁上的是縴夫
藏在坑道中的是礦工

縴夫們像一群重刑犯
拴在一條又粗又長的繩索上
腳下像似戴了腳鐐

礦工們像一窩褐色的泥鰍
在煤層裡不停地鑽動

一〇一〇・七，發表於乾坤詩刊五十四期

輯四

詩想

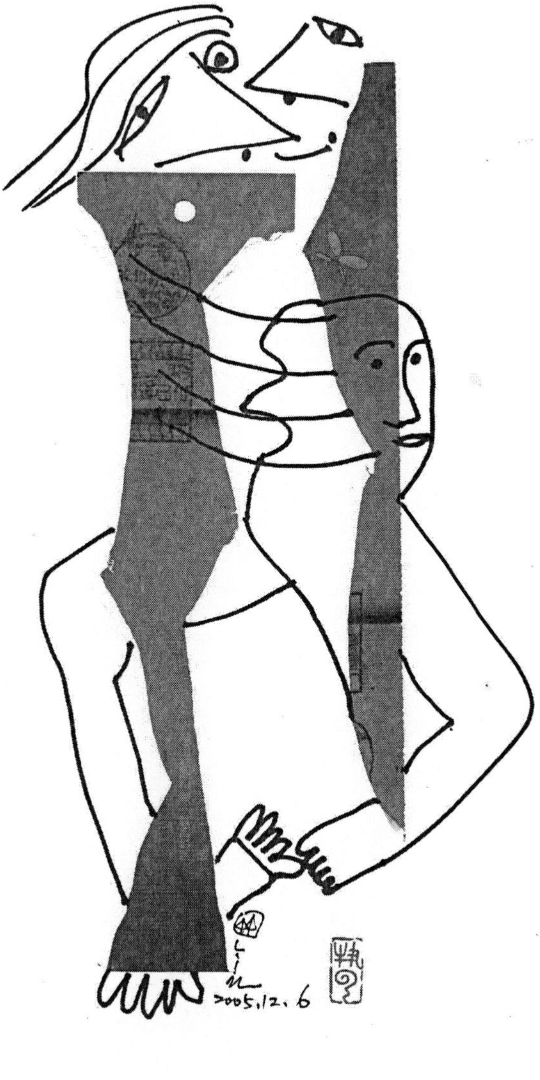

小詩

有時你是一個微笑
有時你是一聲嘆息
有時你是一滴眼淚
全憑
領會

詩小序

曾國藩在家書中說
冬天有窮親戚上門
先請他喝一碗薑茶
曾國藩是真詩人
不失詩人本色

至於僧推月下門
僧敲月下門
吟成一個字

捻斷幾根鬚
那是打造詩的功夫

二〇〇七・一，發表於乾坤詩刊四十一期

詩是什麽

詩是泥土
詩是風
能將小草餵綠
能將楓葉染紅

詩是二八月巧雲
千變萬化
詩是冬蟲夏草
神出鬼沒

什麼是詩

草原上的牛羊
像海面上的帆影
海面上的帆影
像沙漠上的駝群
沙漠上的駝群
像我心中的一首詩
我心中的一首詩
像一片ＤＶＤ

詩

我的出現
在夏娃之後

當亞當看到夏娃
夏娃看到亞當
在他們目光交會的霎那
我出現了
他們看到我
又驚又喜

之後
我又出現在他們的弓弦上
狩獵　打仗　出生　入死
林林總總的事物上
一直等到有了文字
我才有了名字
有了形象

有人說我是情感的花朵
有人說我是思想的種子

二〇〇七・一，發表於乾坤詩刊四十一期

詩人與詩

有些詩人像春天
詩像蝴蝶
有些詩人像夏天
詩像螢火

有些詩人像秋天
詩像雁群
有些詩人像冬天
詩像寒梅

各樣詩人寫各樣的詩
因為是詩
所以都能牽動乾坤
美化世界

二〇〇九・四，發表於乾坤詩刊五十期

我的詩

我的詩
是尼古丁　咖啡因和酒精
是我的生活我的禪

我的詩
是親情　愛情和友情
是我的思想我的感情

答辯

有人
給現代詩一個評語
不通

是的
因為它是斷橋殘雪
不是行雲流水

二〇一〇・八・七，發表於北美世界日報副刊

給三妹之甫

二叔有很多子女
他的那隻七紫三羊
唯獨傳給了你

你用它來畫畫
畫中自然有詩
你用它來寫詩
詩中自然有畫

當然
無論是詩是畫
你有你的個性和才華

時尚

相機要數位
汽車要概念
我的詩要上網
為了保持新鮮度
上網之後就冷藏

發表於泰國世界日報湄南河副刊刊頭詩三六五
二〇〇六・一，乾坤詩刊春季號三十七期

幽夢

可能是詩畫看得太多
時常夢到自己是詩畫中的人物
一回是獨釣寒江雪的釣者
一回是湯湯揚揚的琴家

還有一回很可笑
夢到自己深山採藥去迷了路
一著急醒來
原來躺在那張老藤椅

晨思

又是一張潔白的宣紙
不知你要留下的
是畫是詩
還是空白

二〇一〇・五・二十九，發表於北美世界日報副刊

輯五

童趣

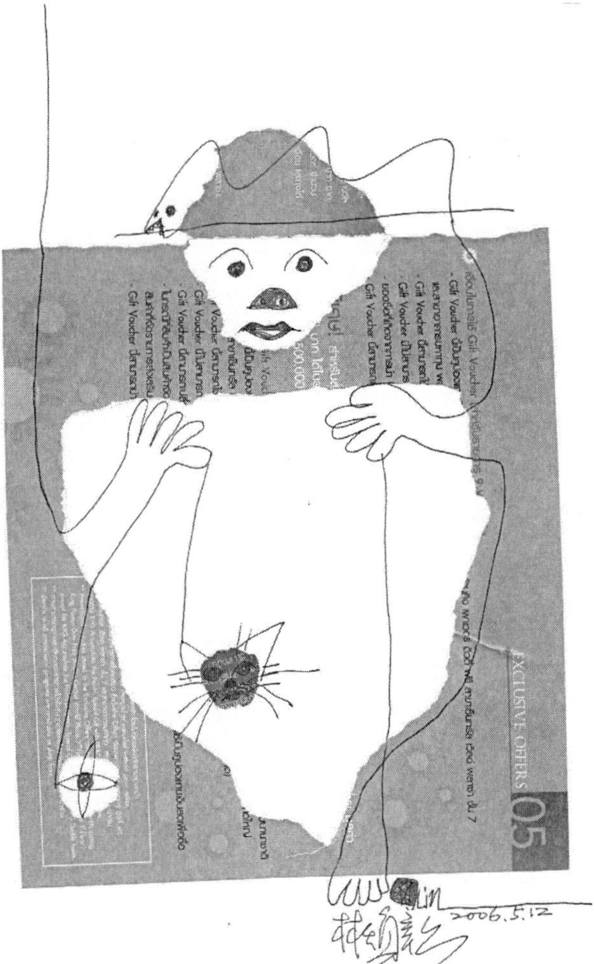

老奶奶（童詩）

一位老奶奶
坐在搖椅上
她的頭髮像棉花糖
臉像核桃

她好像忽然想起什麼
一下要站起來
站了幾次
都被什麼黏住了

小朋友（童詩）

人小真好
走路有人牽著小手
不想走抱抱
還能爬到麥當勞叔叔身上
摟住他的脖子
親一個

書包的話（童詩）

能作你的朋友
是我的榮幸
能在你肩頭
是我的驕傲

書是你的
我只是替你暫時保管
書像食物
吃進肚裡才有養分

電腦的話（童詩）

說查單字就查單字
說玩遊戲就玩遊戲
但是
你可千萬不要以為我比你聰明
什麼都依賴我

我是你們人造的
我也會生病
我也會
說當機
就當機

螃蟹與烏賊（童詩）

螃蟹是芭蕾舞者
愛用腳尖在海灘上排練

烏賊是水墨畫家
喜歡在大海裡作畫

讀詩人31　PG0891

晚禱集
——舒蘭詩集

作　　者　舒　蘭
責任編輯　黃姣潔
圖文排版　陳姿廷
封面設計　陳佩蓉
插　　畫　林煥彰

出版策劃　釀出版
製作發行　秀威資訊科技股份有限公司
114 台北市內湖區瑞光路76巷65號1樓
電話：+886-2-2796-3638　傳真：+886-2-2796-1377
服務信箱：service@showwe.com.tw
http://www.showwe.com.tw
郵政劃撥　19563868　戶名：秀威資訊科技股份有限公司
展售門市　國家書店【松江門市】
104 台北市中山區松江路209號1樓
電話：+886-2-2518-0207　傳真：+886-2-2518-0778
網路訂購　秀威網路書店：http://www.bodbooks.com.tw
國家網路書店：http://www.govbooks.com.tw
法律顧問　毛國樑　律師
總 經 銷　創智文化有限公司
236 新北市土城區忠承路89號6樓
電話：+886-2-2268-3489　傳真：+886-2-2269-6560
博訊書網：http://www.booknews.com.tw

出版日期　2012年12月　BOD一版
定　　價　200元

Printed in Taiwan

國家圖書館出版品預行編目

晚禱集：舒蘭詩集 / 舒蘭著. -- 一版. -- 臺北市：釀出版, 2012.12

面； 公分. --（語言文學類；PG0891）

BOD版

ISBN 978-986-5976-96-5（平裝）

851.486 101023563

讀詩人31　PG0891

晚禱集
──舒蘭詩集

作　　者	舒　蘭
責任編輯	黃姣潔
圖文排版	陳姿廷
封面設計	陳佩蓉
插　　畫	林煥彰

出版策劃	釀出版
製作發行	秀威資訊科技股份有限公司 114 台北市內湖區瑞光路76巷65號1樓 電話：+886-2-2796-3638　傳真：+886-2-2796-1377 服務信箱：service@showwe.com.tw http://www.showwe.com.tw
郵政劃撥	19563868　戶名：秀威資訊科技股份有限公司
展售門市	國家書店【松江門市】 104 台北市中山區松江路209號1樓 電話：+886-2-2518-0207　傳真：+886-2-2518-0778
網路訂購	秀威網路書店：http://www.bodbooks.com.tw 國家網路書店：http://www.govbooks.com.tw
法律顧問	毛國樑　律師
總 經 銷	創智文化有限公司 236 新北市土城區忠承路89號6樓 電話：+886-2-2268-3489　傳真：+886-2-2269-6560 博訊書網：http://www.booknews.com.tw

出版日期	2012年12月　BOD一版
定　　價	200元

國家圖書館出版品預行編目

晚禱集：舒蘭詩集 / 舒蘭著. -- 一版. -- 臺北市：釀出版, 2012.12
面； 公分. --（語言文學類；PG0891）
BOD版
ISBN 978-986-5976-96-5（平裝）

851.486 101023563

讀者回函卡

感謝您購買本書，為提升服務品質，請填妥以下資料，將讀者回函卡直接寄回或傳真本公司，收到您的寶貴意見後，我們會收藏記錄及檢討，謝謝！

如您需要了解本公司最新出版書目、購書優惠或企劃活動，歡迎您上網查詢或下載相關資料：http:// www.showwe.com.tw

您購買的書名：______________________________

出生日期：________年________月________日

學歷：□高中（含）以下　□大專　□研究所（含）以上

職業：□製造業　□金融業　□資訊業　□軍警　□傳播業　□自由業

□服務業　□公務員　□教職　□學生　□家管　□其它_____

購書地點：□網路書店　□實體書店　□書展　□郵購　□贈閱　□其他

您從何得知本書的消息？

□網路書店　□實體書店　□網路搜尋　□電子報　□書訊　□雜誌

□傳播媒體　□親友推薦　□網站推薦　□部落格　□其他__________

您對本書的評價：（請填代號　1.非常滿意　2.滿意　3.尚可　4.再改進）

封面設計____　版面編排____　內容____　文／譯筆____　價格____

讀完書後您覺得：

□很有收穫　□有收穫　□收穫不多　□沒收穫

對我們的建議：______________________________

____

____

____

請貼
郵票

11466
台北市内湖區瑞光路 76 巷 65 號 1 樓
秀威資訊科技股份有限公司 收
BOD 數位出版事業部

（請沿線對折寄回，謝謝！）

姓　　名：＿＿＿＿＿＿＿＿　年齡：＿＿＿＿　性別：□女　□男

郵遞區號：□□□□□

地　　址：＿＿＿＿＿＿＿＿＿＿＿＿＿＿＿＿

聯絡電話：(日)＿＿＿＿＿＿＿＿ (夜)＿＿＿＿＿＿＿＿

E-mail：＿＿＿＿＿＿＿＿＿＿＿＿＿＿＿＿